KB053456

사랑아 나에게 와서 내 인생이 되어다오

사랑아 나에게 와서 내 인생이 되어다오

2019년 12월 02일 초판 1쇄 인쇄
2019년 12월 06일 초판 1쇄 발행

지 은 이 피터 맥윌리엄스
옮 긴 이 폴 임
펴 낸 이 윤세민
편집주간 강경수
디 자 인 이정아
제 작 정민문화사
물류지원 이주완

펴 낸 곳 ㈜산솔미디어
등 록 제 406-2019-000036 호
주 소 경기도 파주시 재두루미길 150, 3층(신촌동)
(서울사무소) 서울시 마포구 성산로2길 63(성산동) 태남빌딩 202호
전 화 02-3143-2660
팩 스 02-3143-2667
E-mail sansolmedia@naver.com

ISBN 979-11-968053-2-6 03840

책값은 뒤표지에 있습니다.
잘못된 책은 구입하신 서점에서 바꾸어 드립니다.

* 이 도서의 국립중앙도서관 출판예정도서목록(CIP)은 서지정보유통지원시스템 홈페이지(http://seoji.nl.go.kr)와 국가자료공동목록시스템(http://www.nl.go.kr/kolisnet)에서 이용하실 수 있습니다. (CIP제어번호: 2019047266)

사랑아 나에게 와서 내 인생이 되어다오

그대를 껴안으면 온 우주를 품은 듯 황홀해진다.

피터 맥윌리엄스 시집 • 폴 임 옮김

우리는 침묵으로 대화한다. 무언은 가장 화려한 웅변을 내포하고 있기 때문이다.
Dance with Life, 한 번뿐인 인생과 멋진 춤을 추어보라.

○ 프롤로그

맥윌리엄스의 삶 속에서 활활 타오르던 생명의 불꽃은 2000년도에 꺼지고 희미한 흔적만 남겼다. 그러나 우리는 그의 그림자 속에 찍힌 뚜렷한 발자국을 볼 수 있게 되었다.

캘리포니아 주 산타모니카에서 맥윌리엄스와 만난 일은 감동 그 자체였다. 400만 부 이상 팔린 초베스트셀러 시인임에도 불구하고 그의 겸손함과 유연한 언어의 실타래는 나를 감고 이 시집을 한국 독자들에게 소개하는 번역 작업에 착수하도록 했다.

『사랑아 나에게 와서 내 인생이 되어다오』는 이해하기 쉬운 언어로 구사되었지만 시의 깊은 곳에서는 생명의 물줄기가 터져 나오는 힘을 느낄 수 있었다.

풀 잎

목차

3. 우리를 함께 묶어 놓은 인연의 실타래

4. 당신은 내 삶의 절반

5. 차라리 처음부터 시작하지 않았으면 좋았을 우리의 사랑

6. 날 따뜻하게 감싸 주는 사랑이 없더라도

7. 당신이 남기고 간 흔적은 내 공간을 에워싸고 있습니다

8. 당신의 전화 한 통에 모든 건 다시 처음부터입니다

1
사랑아
나에게 와서
내 인생이 되어다오

『사랑아 나에게 와서 내 인생이 되어다오』를 한눈에 본다.

사랑의 색깔은 — 당신의 사랑은 노란색, 나의 사랑은 붉은색,
우리들의 사랑은 초록색.

우리의 사랑은 초록색

나는 파랑
너는 노랑
우리의 사랑은 '초록색'
그리고
빨간 그 누군가를 만나기 전까지
'초록'은 곧 나의 생명

사랑하는 님의
부재…
멈춰진 심장의
고동…
사랑의 노래도
울리지 않습니다.

외로움… 아픔…
당신은 어디에 숨어 있는 건가요?
당신이 왔던 그곳으로
정녕 돌아가신 겁니까?

당신이 우주 항공사라면
나의 사랑은 그곳까지도 별까지도 갈 수 있어.

그리움에 겨워

아침,
당신을 사랑하기 위해
깨어나는 아침입니다.
보고픔에 겨워,
그리움에 겨워,
한 행, 한 행, 시를 읊조리다
전화 다이얼을 돌려보지만
뚜 - 뚜 - 뚜 -
대답이 없습니다.
이젠
아픔에 겨워, 시를 읊조립니다.
밤.

어젯밤에도
오늘 아침에도
난 당신을 그리워했습니다.
그러나 이젠 그리워하지 않습니다.
그저… 당신을 사랑합니다.

천사는 변장을 하고 우리에게 접근한다. 그리고 그가 흘리는 눈물을 본다.

나의 사랑은 흰색

내 사랑은
'흰색'
'흰색'은
모든 걸 포용해 줄 수 있으니까.
따라서,
내가 사랑할 나의 님은
어떤 색이라도
좋습니다.

정열의 빨강
강렬한 빛의 오렌지
행복의 노랑
온화함의 초록
부드러움을 나타내는 파랑,
만족감의 자주
그리고 사랑의 골드
또 하나,
나의 사랑은 '흰색'.

함께 있어도 하나

함께 있어도
하나.
떨어져 있다 해도
완전히 서로 다른 하나.
이렇듯
'혼자 설 수 있음'이
우리 사랑의 모태여야 합니다.
함께 있어도,
떨어져 있어도
이 세상을
살아가야 하는
생명체들이기에,

사랑은
사랑일 뿐.

먼 훗날에도
사랑은 변하지 않습니다.
단지 감정만 바뀔 뿐
사랑은 감정을 변화시키지 않습니다.

당신이 별에 가 있다면 나도 갈 수 있어,
사랑의 수레를 타기만 하면 되니깐.

당신은 나를 사랑하지 않아.
그러나 그대가 가지 못하는 곳까지 가서 당신을 사랑할 거야.

나의 님이여

'사랑'과 '사랑하고 있는' 것은
자유로이 표류하는 '물고기'와
'물고기 낚는 것'과
같은 이치랍니다.
완전한 성숙은 주님의 세계로 이르는 길,
그 세계를 본 적이 있습니까?
가 본 적이 있습니까?

나의 님이여!
완전치 못하다고 슬퍼하지 말아요.
오직 주님만이 완전하니까요.
그렇기에 우리는
주님을 모두 숭배하지 않습니까?

완전함은 주님의 보물,
부족함은 우리네들의 삶의 모습.
우리는
끊임없이 사랑하고 사랑받습니다.
부족하기에,
누군가 어루만져 주어야 하기 때문입니다.

차 한잔 속에서 일어나는 사랑의 물결,
그것은 우리를 사랑의 끝인 결혼으로 인도하겠지.

♣

나의 님이여!
완전하지 않음에
결코 슬퍼하지 말아요.

난
사랑 앞에서는
이길 줄도 질 줄도
모릅니다.
아무것도 모르는
백치가 되니까.

갈망,
사랑,
웃음,
생동,
즐거움,
아픔,
사랑,
비,
감사합니다.

당신은 나를 떠났지만 「오페라의 유령」에서 유령이 죽어서까지
사랑을 잊지 못해 부르는 아리아는 온 지구인들을 감동시키고 있지.

♣

이젠,

사랑을

다시 시작할 수 있습니다.

모든 것을

다시 느낄 수 있습니다.

...

감사합니다.

아무리 바쁘고 힘겨운 때에도

당신은

나와 함께입니다.

당신 생각에

나의 하루들은 온통 살구빛.

나의 사랑이 들리시나요!

나의 사랑이 느껴지시나요!

언제나 난

당신 곁에 서 있는

파수꾼이고 싶습니다.

종이 비행기.

♣

누구나
가난보다 아프기보다
부자와 건강함을 원하듯,
나도 당신 곁에서 떨어져 있기보다
함께 있고픈
사람입니다.

내
사랑의 노래.

마지막 행을
쓰고 난 후
당신께
고이 접어
보낼 것입니다.

내가 알고 있는 것은

당신을 사랑하기 때문에
당신을 원하는 건지,
당신을 원하기 때문에
당신을 사랑하는 건지
모릅니다.
마치 닭이 먼저냐,
달걀이 먼저냐를 운운하는 것처럼,
내가 알고 있는 것은
사랑에 빠진 '나'라는 것뿐.

나의 삶은 언제나
당신과 함께입니다.

당신은
날 미치게 만듭니다.
당신의 순수함, 온화함…
함께 있을 때는, 당신의 얼굴
떨어져 있을 때는, 당신의 편지와 전화…
온통 당신뿐입니다.

나는 어디에서 왔는가? 나의 근원은 어디에 있나?

선택.
나에게는 희망도, 절망도 선택할 수 있는 자유가 있어.
그러나 그것들이 가져다주는 결과는 엄청나게 다르거든.

당신 없이는 난

선택해 주었기에
당신을 사랑합니다.
날 사랑해 주었기에
나도
당신을 선택했습니다.

새에게는 공기가,
물고기에게는 물이
나의 시에는 옛 고사성어가
필요하듯
내겐
당신이 필요합니다.

당신 없이는
난
아무것도 못하는
못난이.

당신이 떠나면…
나의 하루들은 캄캄한 암흑.

비는 비일 뿐인데, 비의 사랑이 따로 있나?

사랑은 아낌없이 주는 것

대지의 풀들은
비를 사랑합니다
그러나
당신께 향하는 나의 사랑은
대지의 풀들에게 은총을 베푸는
'비'의 사랑.
사랑은 곧
'자유'를 주는 것이기에.

사랑은
느끼고
성장하고
씨 뿌리고
일궈 주고
흐르다가…
누군가에게
아낌없이 주는 것.

이 세상은
좋은 것으로 충만합니다.

사랑하고 있는 동안

날
툭 쳐보세요.
나의 즐거움이 느껴지지요?
나의 입가에서 사라지지 않는
미소도 보이시나요?

이 시는
당신께 보내는 나의 키스입니다.

당신이 있는 곳에
당신이 하고자 하는 일에
주님의 기도와
나의 사랑이 있습니다.

사랑하고 있는 동안
난, 행복합니다.
사랑하고 있는 동안
당신이 하고자 하는 일에
주님의 기도와
나의 사랑이 있습니다.

시인은 다른 사람들이 보지 못하는 내면세계의 깊은 곳,
의식의 흐름까지 보고 그것을 노트에 적는다.

귀중한 것일수록 감추어 두고 싶어한다.
나의 사랑은 당신에게 주기 위해 감추어 두었습니다.

♣

내가
당신께 주는 사랑은
두 번째 느낌.
내가 먼저 느끼니까.

사랑하고 있는 동안
난, 행복합니다.
사랑하고 있는 동안
난, 성실합니다.

나의 삶보다 더 귀한 님이시여

남몰래
내 마음을 진주로
꽉 채워 주신 당신.
정녕 고귀한
선물입니다.

오늘밤
날
껴안아 주세요.
당신을 느끼고 싶습니다.

아!
나의 삶보다
더 귀한 님이시여!

어서 내게
키스를 보내 주세요!

난 진정
당신을 사랑합니다.

사랑은 표현적인 것이다.
당신을 사랑합니다 ― 말하는 것,
이것 이상 강렬한 힘은 없다고 생각합니다.

2

내 존재를 잊고 싶을 당신에게

사랑이란
당신이 나를 더 이상 사랑하지 못할 때도
내가 당신을 사랑하겠다는 것이겠지.

헤어짐을 아파할 필요는 없어요.
그것은 만남의 기쁨에서 시작되었기 때문이지요.

우리의 만남, 우리의 헤어짐

당신 없는 세상은
암흑.
그리고
그 세상 속에서의 나는
'이방인'

깜깜한 어둠 속을 헤매다
두려움으로 아침을 맞이하면
또다시 낯선 하루가 시작되는
이 '세상' 속에서
정녕,
훨씬 신선한
'나'만의 삶이
당신 없이도
존재할 수 있는 건가요?

그러나
당신을 원망하지 않습니다.
당신을 사랑했음에
후회는 없습니다.

사랑의 변주곡 —
내가 연주하기에는 너무나 어려워…

♣

후회 없으리만치
당신을 사랑했기에
'나'는 날 더욱 사랑합니다

그리고
태양이 떠오르는 한,

난 당신을 사랑했음을
그리워할 겁니다.

당신의 품에
안겼을 때
느꼈던 '아늑함'도
그리워할 겁니다.

당신의 전화를
초조하게
기다렸던
많은 시간들도
그리워할 겁니다.

당신에 대한 나의 사랑은 나를 장님으로 만들었지.
당신이 나더러 떠나라고 손짓하는 것까지도 보지 못하고 있었으니…

♣

우리의 만남,
우리의 헤어짐,
그때의 기쁨과 아픔도
그리워할 겁니다.

그리고
당신을
사랑했던
모든 순간들을
그리워하는
지금을
난
먼 훗날에도
그리워할 겁니다.

우리의 이별 이후

흩뿌려진
눈물들과
슬픔,
그리고
가슴 저미는
아픔을 통해
난
나의 사랑을
비로소
'확인'할 수 있을 겁니다.
그리고
시간이 지난 후,
가까스로 다시 미소지을 겁니다.

그리고
난
이렇게 말하겠습니다.

당신을
여전히 사랑하고 있노라고.

♣

'잿더미' 속으로
사라진
우리의 사랑.
그러나
우리의 사랑은
결코 헛되지 않았습니다.
난 감사드릴 것들을
많이 얻었으니까요!

따뜻했던 아침들,
따뜻했던 나의 시선들,
하물며,
당신을 통해
온화한 시선으로
모든 것들을 바라볼 수 있었음도
감사드립니다.

당신과 함께할 수 있었던
기회가 주어진 것만으로도
감사드립니다.

사랑은 환상일까?

베토벤의 9번 교향곡.

♣

당신의
영감으로
성숙해진
많은 시들,
당신의
느낌들이
꿈틀대고 있는 많은 시들.

그러나
우리의 '이별' 이후
나의 마음을
달래 주었던
'베토벤'의 교향곡에도
내가
감사드리는지는
감히
소리내어
말할
자신이 없습니다.

당신이 남기고 간 사랑의 흔적들 — 너무나 진해서 지워지지 않아요.

당신이 남기고 간 흔적

당신은
내게
가장 커다란 '의미'를
심어 준
사랑의 '님'이건만,
날
가장 아프게 합니다.

당신이
내게 준 것은
'기쁨'과 '행복'.
그리고
그 뒷너머에는
'아픔'이 웅크리고 있습니다.

이 모든 것들이
당신이
내 가슴에 남기고 간
흔적입니다.

우리의 파경이 없었던들

그러나
당신께
감사드립니다.

당신으로 인해
난
내 '삶'을 공유할
'분신'을 찾을 수 있었습니다.

당신은 내 마음을 이끌어 주던
단 한 사람.

나의 이기심을
억눌러 주고
오만과 편견 섞인 시선들을
거두게 하였고,
그릇된 행동을
일깨워 주었고,
사악한 마음을
바로잡아 주었습니다.

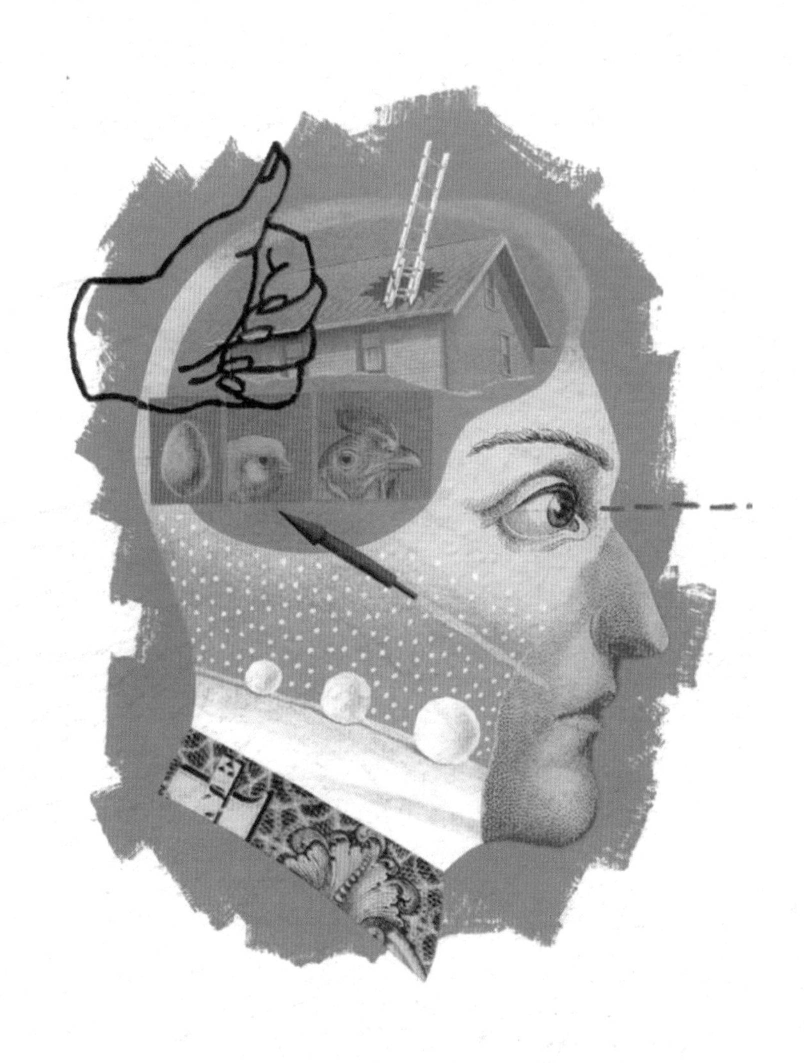

사랑은 항상 파경을 예고하고 있다.

커피 한잔 속에서 들려오는 전원 교향곡.

♣

난
이제
사람들에게 좀더
친절할 줄 알게 되었습니다.

그리고
나를 둘러싼
모든 것들과 많은 사람들,
또한
나의 삶을 부드럽게
매만질 줄 알게 되었습니다.

물론
우리의 '파경'이 없었던들
내 마음에
아로새겨지지 않았을
나의 시들…

슬픔의 시들…
환희의 시들…

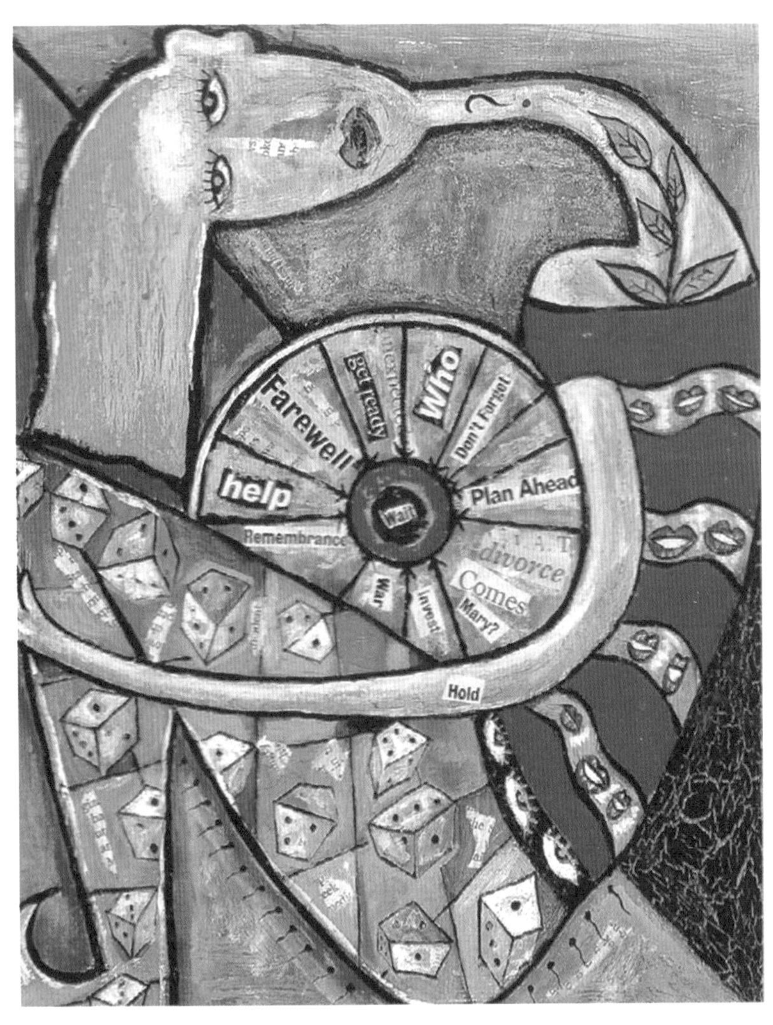

지난날들을 회상해 보면 — 당신이 나의 심장을 향해 독화살을 쏘아댔지.
그러나 나는 피해 갔으며, 그것은 큐피드의 화살이었지.

♣

이

모든 것들과

더불어

난

성장해 왔습니다!

정말

감사드립니다.

난

여전히

당신을 필요로 합니다.

그러나

당신이

나의 품에서

벗어나면 벗어날수록

그 욕구는

강해져만 갑니다.

과거를 나무 밑에 숨겨두고, 추억보다 멀고 먼 곳 —
과거로 돌아가고 싶은 나…

당신에게 나는 과거의 사람

당신과 '이별'한 지
두 해가 흘러 버렸습니다.

당신은 어디에선가
교회 성가대를 지휘하고 있겠지요.

이 세상을 믿고 싶다던
당신의 말,
그리고
말 한 마디, 한 마디에
깊게 묻혀 있던 침묵들…

이 모든 것들이 바로 어제 일처럼
내 마음을
소용돌이 속으로
밀어넣고 있습니다.

그러나
당신에게
나는 '과거'의 사람.

내 존재를 잊고 싶을 당신에게

내 '존재'를
잊고 싶을
당신에게
난
잊혀져 가는 '회색' 그림자!

난
아직도
당신께
묻고 싶은 게 너무 많습니다.
그러나
되돌아오는 건
늘상 침묵뿐.

결국
나의 애증과
당신의 침묵과 모호함이
부딪쳐,
우리는
'남남'이 되었습니다.

애증과 침묵의 양면성.

사랑의 상처를 치료할 수 있는 것 — 시간일까?

이젠 따스한 마음으로

당신을 사랑하노라고
마지막으로 고백했던
그 날을
바로 어제처럼
느끼며
살아왔습니다.

오직
당신께만 향했던
내 마음의 시를 쓰던 펜도
아직
내 손에
쥐어져 있습니다.

가을이 지나는 것처럼
고통도 사라지고
이젠
따스한 마음으로
당신을
그리워하게 될 것 같습니다.

겨울, 그리고 첫눈의 시를 천사가 써주

우리네들의 삶

겨울은
차디차고 냉혹하여,
누군가를
감히
손짓하여
불러들일 수 없습니다.

마지막 잎은 오늘 떨어졌고,
첫눈은 오늘밤 내린답니다.

그리고
마음의 상처도
아물어 갑니다.

완전한 즐거움과
완전한 슬픔.

그 속에서
맞물려 가는
우리네들의 삶!

삶의 버라이어티.

♣

즐거움과 슬픔이
번갈아 가며
우리 삶에 찾아드는
철새들임은,
'신'이 정해 놓은
삼라만상의 이치이거늘,
우린
슬퍼도 기쁨을 떠올리고,
기뻐도 슬픔이
곧 날아올 것임을
기억해야 합니다.

바다 위에 떠 있는
돛단배처럼
넘실거리는 파도 더미에 이끌리어
서서히 올라갔다
서서히 내려오면서,
우리의
'삶'의 항해를
맞이합시다.

Alone과 All One의 차이.

'Alone'과 'All one'의 차이

'Alone'과 'All one'의
차이가
'L'뿐인 것처럼,
혼자 있는 것과
모두 함께 있는 것의
차이는
아주 '미세한 것'에 지나지 않습니다.

인생은
고통이 아닙니다.
구불구불한
선일 뿐입니다.
결코
혼자임에 고통스러워하지 말아야 합니다.

상실의 시간이 지나면 찾아오는 것.

존재할 가치

우리는 모두
사랑스런 존재들!
자신을 학대하지 마십시오.

우리 모두
존재할 가치를 지녔기에,
열 달의 어둠을 헤쳐 나와
숨을 쉬는 '생명체'들이 아닌가요!

그러므로
나도
가치 있는 존재!

나의 삶과
삶 속에 피어 있는
모든 것들
친우들, 우정…

내가 품어주길
기다리는 소중한 것들입니다.

하늘 밑에는 새로운 것이란 없다.

♣

높은 하늘,
넓은 평원 위에 펼쳐져 있는
곡식들의 황금빛 물결과
자줏빛 노을에 물들어 있는
높다란 산들.

신의 은총,
그리고
내게 주신 창의력, 창조성, 이해심.

내 마음의 평화.
대지의 평화.
계곡의 평화.
그리고
사람들의 움직임 속에 스며 있는 평화.

…

나의 '삶' 속에 있는 '신…'
아! 이런 것들을 느끼고 볼 수 있는 난
진정 가치 있는 존재입니다.

사랑은 DNA를 초월한다.

사랑이라 이름지어

좀더
멀리… 멀리…
바라봅시다.

외로움?
고독?
난
외로움을 이겨내렵니다.
그리고
나의
'가치'를 느끼려 합니다.
그러지 못하면
이 '세상'을 누릴 자격이 없기 때문입니다.

두 개의 반쪽들이
함께 붙여져
'하나'가 되어
삶을 영위할 수 있음이
큰 축복인 만큼,
그 기회는 쉽게 오지 않습니다.

에덴 동산, 아담은 어디에 있을까?

♣

그러나
우리네들의 반쪽들이
'하나'가 되어
다른 '하나'를 만날 수 있도록
성숙해 나가는 것도
그지없는
축복.

그것이
바로 진정한 미(美)이고,

난
그것을
'사랑'이라
이름지어 부르렵니다.

3

우리를 함께 묶어 놓은 인연의 실타래

인연

인연의 실타래(?)

인연의 실타래

우리를 함께 묶어 놓은
인연의 실타래가
영원히
엉클어져 있기를
기도합니다.

당신은 이제껏
내가
몰랐던 것들을
가르쳐 주는 스승입니다.

난
사랑받고 싶습니다.
그러나
더 중요한 것은,
나는
먼저
누군가를
사랑하고 싶어할 줄 아는
사람임이 분명합니다.

당신은 나의 생명

결혼은
'신'과 '나'의 약속.
'결혼하겠습니다'라는
나의 말에
'그래, 결혼하거라'라는
'신'의 묵인으로
이루어집니다.

당신은 나의 생명.
그렇기에
난
당신을 사랑합니다.

알고 계신가요?
당신의
따스한 손길이
단 한 번
날 스쳐갈 때
몇천 마디의 '말'이
교차한다는 것을.

배가 난파당한다면 우리는 좌초되겠지.
그런데 그대는 어디에 있는가?

나는 그대가 말을 하지 않아도 알아.
당신이 나를 사랑하지 않는다는 것을.

서로에게 편한 우리

당신과 함께라면
나의 체온은 37도.

"우리는 한 시간 동안
한 마디도 안 했어!"

"아냐, 두 마디 했어."

"우린 말을 할 필요가 없잖아!"
"맞아!"

그렇습니다.
말을 하지 않아도 우린
서로에게 편한 사이랍니다.

"그럼, 우리는 지금 뭘 하는 거지?"
"대화하고 있잖아!"

우리의 만남은
이렇습니다.

사랑의 아리아.

사랑의 아리아

당신의 손길이
나의 살갗에 닿을 때
당신은
느낄 수 있을 겁니다.
나의 영혼이
'신'과
같은 방향에서
활짝 웃고 있음을.

또한
'사랑'의 아리아로
달아오른
나의 심장과,
당신의 영혼이
'신'에게로
귀의하기를
바라는
나의 소망을
느끼실 겁니다.

진정한 평화는 주님의 품속에서…

온갖 평화가 숨쉬는 곳

당신의 따스함이
내 얼굴에 머무는 한,
당신은
나의 사랑과 만날 것이고
나의 '신'을
느끼실 겁니다.

그리고
나의 '사랑'을
느낄 것이고
나의 '신'을
만날 것입니다.

두 사람의 입술이
맞닿게 되면
그것은 '입맞춤'.

두 영혼이 맞닿아
영글어지면
그것은 '사랑'.

♣

그리고
기실, 이것은
'둘'이 합쳐진 '창조'입니다.

만일
우리의 사랑 속에서
찾아진 것만큼의 '의미'들이
'나' 자체만의 삶 속에서도
그대로 내재되어 있다면

난
불사조가 될
자신이 있습니다.

당신을 만나
사랑할 수 있는 이곳은
지상의 낙원.
그리고
온갖 평화가
숨쉬는 곳입니다.

내가 떠나버린 이후에 나를 기억해 주세요.

잊지 마세요

모든 것들이
자연스럽게
내 주위에서
이루어지는
이유는
'당신' 때문입니다.

'당신'의 입김이
날
평화스럽게 만드니까요.

그럴 때마다
난
당신께
감사드립니다.

내가 당신을 덜 필요로 할수록
나의 사랑은 깊어만 갑니다.
잊지 마세요!

사려 깊은 사람들은 침묵한다.
그리고 그 속에서 말을 한다.
Wild Card는 항상 숨겨 놓았다가 꼭 필요할 때 사용하라.

당신과 함께라면

즐겁고
황홀한
것들이
눈앞에
펼쳐질 때마다,
함께
보고픈 상대는
오직 당신뿐.

내가 축하를 받을 때마다,
내 머릿속에
떠오르는 사람은
당신뿐.

당신과 함께
모든 것을
나누고픕니다.

사업가의 가방 속에는…

난 비즈니스맨

난
비즈니스맨.

내
서류 가방에
들어 있는 것은
사랑의 시,
사랑의 색깔들,
포르투갈인들의
소네트,
'섹스'의 환희,
그리고 당신의
사진 한 장.

곧 떠나게 될 사랑이라 하더라도…

나의 사랑

설사
모든 기도와 바람이
이루어지는
순간이 온다 해도

나의 마음은
당신께만
향해 있습니다.

이것이
나의 사랑입니다.

가시덤불 속에서도 동행할 수 있다면…

동행

당신이
자고 있는 동안
난
당신을
방해하지 않을 겁니다.

조용히
당신 옆으로
기어들어가,
눈을 감고
당신의
꿈속으로
동행할 겁니다.

오늘의 태양은 내일의 태양과 다르다

내 삶의 목적은 당신

당신을 사랑하는 동안
내 마음속에서
꿈틀대고 있는 것.
그것은
새로운 창조물.
새로운 신비.
새로운 느낌.

내가 한 것 중
가장 만족스러운 것은
당신을 선택했다는 것입니다.

당신의 기쁨은
곧 나의 바람.

당신의 행복은
곧 나의 안락.

당신의 만족감은
곧 내 인생의 목적.

진정한 축복은 주님이 흘리신 피를 떠나서는 생각할 수 없다.

♣

난
당신을
사랑하기 위해
숨을 쉽니다.

삶의 목적이
사랑하는 것이라면,
내 삶의 목적은
당신을
사랑하는 것입니다.

오세요.
이리로 오세요.
나와 함께 있어 주세요.
그러면
우리는
함께
'신'의 축복을
발견할 겁니다.

우리의 세상은

당신과 함께 있을 때
당신이
인도하는
세계는
행복이 넘치고
웃음이 하늘을 날고
햇살이
온누리에
퍼져 있는
매직랜드.

"토토!
우리가
지금
캔자스에 있다고
난 믿을 수 없어요."

난
감탄하여
외칩니다.

오늘날 우리들의 세상은…

우리는 지금 캔자스에 있지 않아도
그대는 그곳에 있어.

신의 사랑

'신'은
우리의 사랑을
사랑합니다.

로맨스,
행복.
나와
결혼해 주세요.
함께
삶의 꿈길을
밟아 나가고
싶습니다.

4
당신은 내 삶의 절반

잃어버린 반쪽을 찾아서…
평생을 헤매었지만 나는 아직도 방황하고 있네…

사랑과 돈, 어느 쪽을 선택하느냐,
그것이 문제이구먼…

당신은 내 삶의 절반

당신은 내 삶의 절반.

나를
에워싼
모든 고민을
원활하게 풀어 주는 마술사.

나의
모든 결정 속에는
당신의 생각들이 깃들어 있고,

나의
모든 슬픔과
모든 기쁨 속에는
당신의 격려와
당신의 축하 메시지가 들어 있습니다.

난
당신을 친구라서
사랑합니다.

부부는 영원한 친구인가?

♣

그리고
나의 사랑, 당신에게
난
영원한 친구이고 싶습니다.

친구들은
서로의 '필요'를
만족시켜 주길
원합니다.

그리고
연인들은
서로의 '바람'을
만족시켜 주길
원합니다.

자유 속에는 불변의 진리가 있다.

당신을 사랑하는 것은 불변의 진리

불변의 진리들을
난 지금 말하고 싶습니다.

'지진'은 대도시를 파괴합니다.
'새'들은 알을 낳고, 얼음은 차갑습니다.

오렌지는 오렌지이고
개는 멍멍 짖습니다.

'불'은 뜨겁고
꿀벌들은 날아다닙니다.

바닷물 속에는 소금이 함유되어 있고
'상어'는 날카로운 이빨을 가지고 있습니다.

꽃들은 자라고
'책'장들은 종이로 만들어집니다.

그리고
나는 당신을 사랑합니다.

긴 시간이 필요합니다

당신이
미소지을 때
난
모든 것을
잊어버립니다.

당신의 미소만이
나의 시야를
꽉 채워 주고
내가
어디에 있는지도
난
잊어버립니다.

그리고
후에도
그때의
잊어버린 기억들을
찾으려면
긴 시간이 필요합니다.

잃어버린 시간을 찾아 헤매었지만, 추억만 쌓일 뿐이네.

공감 의식.

우리들의 감정은

난
내가
당신과
함께일 때
느꼈던
감정을
당신도
똑같이
느끼기를 바라고,
우리들의 감정이
언제나
함께이기를
소망합니다.

글로 쓸 수 없는 사랑.

당신에게

난
당신에게 향한
나의 사랑을
글로
쓸
재주가 없습니다.

어떤 말이 적합하고
어떤 문구가 적당한지
선택하기에
나의 사랑은
너무나
거대하고 숭고하기 때문입니다.

난
분별력을 잃어버렸습니다.

당신과 함께 있노라면
이 세상의 모든 것들이
모두 깨끗해 보입니다.

사랑이란 무엇일까?

♣

언젠가
까마득한 언젠가
난
아무것도
몰랐습니다.

사랑이
무엇인지도 몰랐습니다.

그렇기에
아픔도 몰랐습니다.

그러나
당신이
내 앞에
뚝 떨어졌을 때부터
사랑과
아픔,
그리움을
알기 시작했습니다.

가을 미풍 속에서 자연과 교감하라.
인생의 항로를 변경시키는 예술이 탄생할 것이다.

♣

'기쁨'이 있을 때면
나누고 싶고,

'슬픔'이 있을 때면
난 당신이
날
위로해 주기를
원합니다.

난
당신의 모든 기억들 속에서
'나'만이
존재하기를
원합니다.
그리고
이미
당신께
너무 많이
의지하고 있습니다.

사랑의 면류관,
그것은 찔레꽃으로 만들어졌다.

♣

아픔이 없는
사랑은
집착과
욕구와
소유와
기대를 넘어선
정신적인 상(像).

당신과
함께 있노라면,
이 모든 것들은
날아가 버리고,
바람과 원망도
사라집니다.

아!
난
당신께
아무것도
원하지 않습니다.

사랑을 원하십니까

'차'를 렌트할 때의
계약 조건 3항에는
"사고로 인한 '비용'이나
'자동차'에 가해진 '손해 배상'은
반드시 '고용인'이 지불해야 한다."

그리고
덧붙여, 계약 조건 5항에는
"보험회사는
소속되어 있는
모든 차량으로 인한 모든 '손해' 비용을
반드시 지불해야 한다."

이 계약 조건들은
굵게 밑줄 그어져
활자화되어 있습니다.

그러나
사랑의 계약 조건에는
이런 조항들이 없습니다.

사랑이란 — 조건이 없는 계약.

♣

당신은
'외로움'을 덜기 위해,
'당신'의 삶 속에서
'외로움'을
떨구어 내기 위해
사랑을 원하십니까?

당신의
사랑하는 님은
나입니까?
아니면,
다른 누구라도
괜찮습니까?

당신은
누군가를
사랑한 대가로
뭔가 원하십니까?
보상받고 싶습니까?

사랑은 무조건 주는 것.

이유 없는 반항.

♣

그렇다면
절 '사랑'한다고 말하지 마세요.
난
당신과
사랑하지 않으렵니다.

단지
당신의 허전함을
메우기 위하여
내가
이 세상에서
살아가고 있는 것은
아니니까요.

자기만족의 근시안에 빠진 여자.

내가 시를 쓰는 이유는

당신은
내가
당신에 관한
시를 쓰기를 원합니다.

그리고
당신의 '자아'는
내가 보낸 시들의 의미보다
'시' 자체에 더욱
만족해합니다.

당신은
당신으로 인한 나의 고통이
'시' 전체에
배어 있기를 바라고,
당신의 친구들에게
나의 '시'들의
복사본을
보내기를 즐겨 합니다.
그것은 사랑이 아닙니다.

사랑에는 —
아직도 가보지 못한 길이 있다.

완벽한 인간이라고 생각했기에

당신이 떠난 자리에는
나의 '고통'이
있습니다.

처음으로
날 만났을 때
당신은
내가
완벽한 인간이라고 생각했다고
이제서야 고백했습니다.

그러나
그렇기에 날 사랑했다는
'당신'이 밉습니다.

당신의 '눈' 속에
내가
갈 수 있는 유일한 길은
언덕 아래로 향하는 것임을
미리 알았어야 했는데…

당신은 외로운 나의 님

이제서야
난
길을 잃었음을 압니다.

외로운 사람을 혼자 두고 떠남은
위험한 일이지만,

그대여!
'그'가 당신에게 말하는 것들이
거짓말이라는 것을 깨달아야 합니다.

그리고
무엇이 진실인지도
알아야 합니다.

그대여!
당신은
진실된 사랑을 멀리하고
거짓된 사랑을 택한
'외로운' 나의 님입니다.

남자만이 고독한 존재일까?

사랑은 일생에 단 한 번

나의
뇌신경선들이
다투어
분열하고 있습니다.

난
지금
신경이
날카롭습니다.

많은
시간들을 보내는 동안
나는
많이 쇠약해져 있습니다.

'사랑'은
일생에
단
한 번이면
족한 것 같습니다.

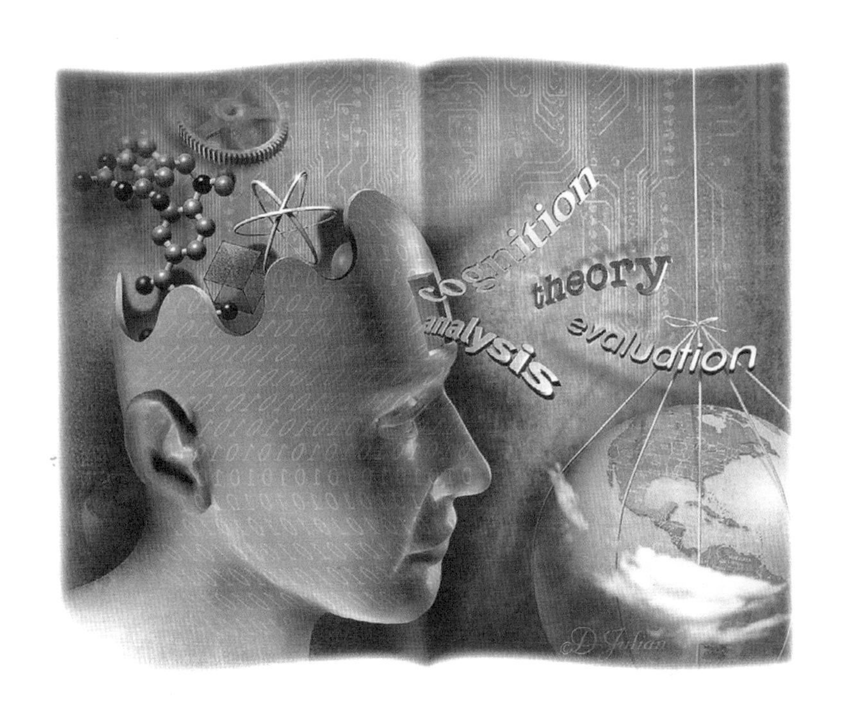

사랑을 분석해 보면…

5

차라리 처음부터 시작하지 않았으면 좋았을 우리의 사랑

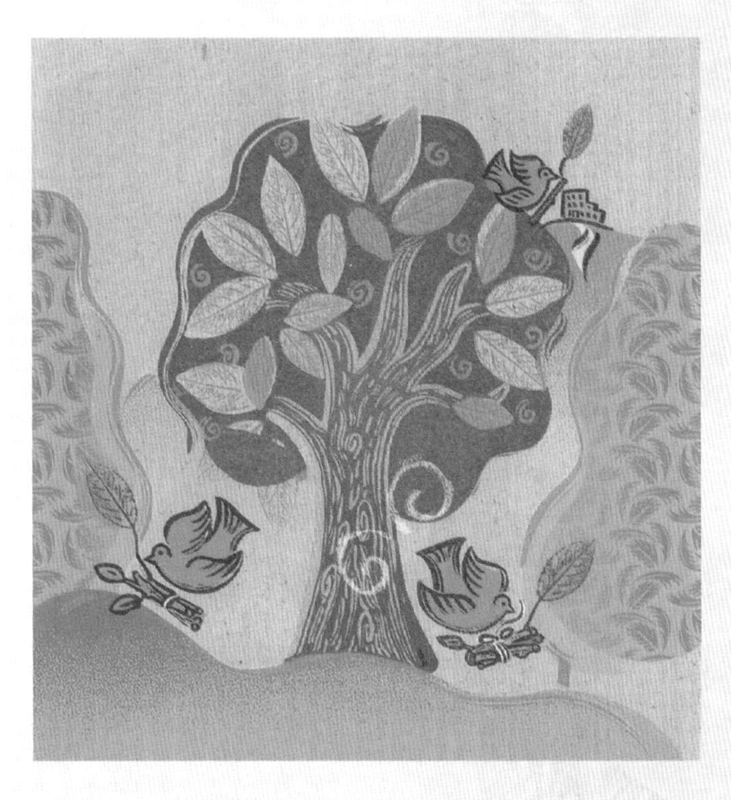

과거에는 “만약”이란 말이 없다.

괴테는 사랑은 미친 짓이라고 했지. 지금은 알 것 같아.

문

천국과
지옥의 문은
통해 있습니다.

천국의 문을 열어 보십시오.
지옥이 보입니다.

나의 삶은
다른 사람들의 경우보다
훨씬 많이
심연의 구렁텅이 속으로
떨어져 왔고,
난
만신창이가 되어
어둠을 헤매 왔습니다.

나만큼
다른 누군가를
지독하게
사랑했다는 이유만으로.

♣

거대한 덩어리가

머리를 내리쳐

산산조각 난

나의 머리 파편들은

내

가슴에 박혀

고통과

실의와

번민과

아픔의 세계로

날

몰아대었지만…

사랑은 열병인가?

누군가를 열렬하게 사랑한 사람은

난
'사랑'을 한 대가가
이렇게 처참함은
내
사랑이 얼마나 컸었나를
보여주는
실례이기에
행복합니다.
그리고
난
아직까지 살아 있습니다.

그리고
내 생명이
숨을 쉬는 한
난
사랑하며 살아가렵니다.
더한
고통을
겪는다 해도.

사랑은 송곳 같아. 감추어 두었지만 자꾸 뚫고 나오네.

♣

그러나
당신과의
인연이
끝난 지금에도
천천히
내 가슴을
부식시키는
고통은
멈춤이 없습니다.
당신이
내 곁을 떠났다 하나,
아직까지도
내 마음속엔
당신이 살아 있는 탓이고,
그리고
당신이 내 삶 속에서
이미 빠져나갔다 해도
내가 아직
당신을 놔주지 않은 탓입니다.

귀가 있어도 들을 수 없는 것.

♣

왜 난
이렇듯이
나의 '자아' 속에
당신을
가두어 두고 싶은 걸까요?

난 알았습니다.

사랑에는
상처가 뒤따르고

누군가를
열렬하게
사랑한 사람은,
사랑하는 연인 이외에
눈이 있어도
아무도 볼 수 없고,
귀가 있어도
아무 소리도
들리지 않게 된다는 것을.

사랑은 — 인생이란 메뉴의 오르되브르일까요?

마음의 비

날
여기에
내버려 두고
어서 떠나세요.

언젠가
다시
'사랑'의 바람이
불어오겠지요.

그러나
누군가
내 손을 잡고
햇볕이 그득한
땅으로
날
이끌어 줄 때까지
내 마음엔
비가
내릴 것입니다.

♣

당신의 '친절함'에

반해

난

당신을 사랑했지만

이젠

그 '친절'에

난

눈물로

하루하루를

지새웁니다.

차갑게

날 대해 주세요.

냉혹하게

날 버리세요.

당신의

따스한 눈빛이

얼마나

날 괴롭히는지 알고 있어요?

떠나 주세요, 그러나 버리지는 마세요.

♣

당신의
따스한 눈길은
틈만 보이면
당신께
매달리고 싶은
내 잠재의식을
일깨워
당신께
안기고 싶게
만드니까요.

그렇기에
날
차갑게 쳐다보아 주세요.

사랑에 빠진 천사.

사랑의 양면성.

늦은 후회

차라리
처음부터
시작하지 않았으면
좋았을
우리의 사랑.

그러나 늦은 후회.

'사랑'으로 인한 고통이
제일 크다고 합니다.

그렇다면
날
뿌리친 당신을
사랑하는
내 가슴속의 고통을
혹시 당신은 짐작하십니까?

숨을 쉬고 있으나
죽은 '가슴'입니다.

꿈을 꾸었던 미래는 현실로 다가와서…

♣

난
당신이
필요하다고 생각했습니다.

그것은
옳은 생각이었습니다.

그러나
할 수 있는 한,
최선을 다해
당신을
예우하지는 않았습니다.

그리고
당신을
그리워하지 않을 거라고
생각했습니다.

그것은
틀린 생각이었습니다.

당신은 이미 나를 버리고 떠난 남자,
더 이상 치근거리지 마세요.

♣

님이시여,

내 병은

정녕

치유될 수 있을까요?

님이시여!

어서

떠나 주세요.

빨리

떠나 주세요.

그리고

결코

뒤돌아보지 마세요.

당신이

단 한 번이라도

뒤돌아보면,

날 따라오라는

당신의 손짓으로

착각할 테니까요.

오늘날의 뱀은 여자에게 다가가서, 사과를 따먹으라고 부추기지 않는다.
뱀은 여자에게 "구매하지 않으면 죽게 된다"는 공갈과 협박을 하고 있다.

♣

조금도
내게
틈을 보이지 마세요.

당신을 사랑합니다.
그러나
서둘러 떠나 주세요.

죄송합니다…

헤어지고 나니 차라리 싸울 때가 그리워.

옛 연인

우리는
옛 연인.

이제는
다른 길에
서 있는
'과거'의 인연들.

난
믿을 수 없습니다.
아니,
믿지 않으렵니다.

우리의
별자리가
예언했듯

우리의
'해후'를 기도하며
살겠습니다.

커피 한잔으로 시작되었던 우리들의 사랑.

당신뿐

내 삶을
원래대로 돌려주세요.

그러니,
당신이
내 삶 속에 들어왔을 때처럼
빨리 떠나 주세요.

당신이
내게
'빛과 사랑'을 주었을 때처럼
아주 강렬하게
아주 빨리
내게 '고통과 번민'을 주세요.

당신이
'고통'과 '번민'마저
내게 주지 않으신다면,
난
처참해질 겁니다.

사랑은 포큐파인 딜레마에
빠지게 하는가?

♣

그것은
이미
서로에게
아무런 감정이 없는,
완전히 떨어져 나간,
'모르는'
낯선 사람들에
지나지 않을 테니까요.

가세요.
떠나세요.

주소도
일러주지 않고
날
남겨 놓고
떠나셔도
나의 님은
당신뿐입니다.

이렇게 끝났습니다

구름은
달을 갉아먹었고,

빗방울들은
콘크리트 대로 위에
부딪혀
소립자들로 분해된 채
일생을 마쳤으며,

빗물로
불어난 강물은
힘찬 기세로
'수문'을 내리쳤습니다.

결국
힘찬 물살은
'수문'을 부수었습니다.

나의 '사랑'은
이렇게 끝났습니다.

사랑이 끝나기 전에 있었던 이벤트.

꿈

꿈속에서의
꿈은
잔인했습니다.

당신의
옛 여인과
떠나겠노라는
당신의 전화.

그리고
만나지 않고
전화로
'그것'을 끝내는 게
제일
현명하리라는
당신의 목소리.

의식의 세계는 빙산의 일각.

추억의 한 광주리.

♣

'그것'이란
우리의 관계.
'그것'을 끝낸다는 것은
다시는 서로
만나지 못한다는 암시.

이때
난
꿈에서
깨었습니다.

그
다음 장면은
차마 볼 수 없었기에

그 이후
난 잠을 자지 않았습니다.
그리고
나의 삶은
'악몽'에 시달려 왔습니다.

휴대폰의 울림을 기다리며…

일요일에는

난
목요일까지는
'사랑'에
황홀해 있고,

금요일엔
'불안'과 '의심' 속에서
서성이고,

토요일엔
아무런 의식 없이
멍하게 보냅니다.

그리고
일요일!

신이시여!
전
교회에 갈 수 없습니다.
님의 전화를 기다려야 하니까요.

하루의 버라이어티.

연인들의 하루

연인들의 하루는
네 개로 조각난 하나의 다이아몬드.

아침은
서로 간의
기지개로 시작되고,

오후에는
서로의
전화를 기다리고,

저녁에는
'공항'에서처럼 '안녕'하고 헤어지고,

밤에는
서로의 사랑과 서로를 위해
신께 기도한다.

이렇게
하루하루는 지나간다.

사랑과 전쟁하기에는 너무나 힘겨워.
차라리 백기나 들겠다.

약속 장소에 가는 내 마음은

당신을
만나러 가는 동안
난
언제나
불안했습니다.

행여나
헤어지자고 하면
어쩌나.

오늘밤부터
이별의 슬픔을
겪게 되면
어쩌나.

그리고
당신이
약속 장소에
나타나지 않으면
어쩌나.

사랑은 캄캄하지만 책 속에는 길이 있다.

♣

언젠가
당신이
내 곁을 떠나
사라지는 그때를
두려워했었습니다.

그리고
그 날이
바로 오늘입니다.

언제나
'실제로 그렇게 되면 어떻게 하지?'라고
자문했었지만,
너무나도 끔찍하고
너무나도 무서운 일이기에
난
홀로
고개를 젓곤 했습니다.
그러나 이제
난 어떻게 해야 하나요?

사랑은 준령의 밧줄을 타는 곡예사.

비는 그저 비일 뿐인데

비는
그저 '비'일 뿐인데,
난 나의 사랑을
'비'라고 부르렵니다.
'빗방울'이 땅에 떨어질 때처럼
난, 쉽게 그리고 아주 빨리
사랑에 빠졌고, 진정 내 님을 사랑했습니다.
그리고
빗방울이 땅에 부딪히면
원래의 모습을 잃고 그 '삶'을 거두듯
나도 나의 님을,
생명처럼 사랑했던
나의 님을 잃었습니다.
곧 나의 생명도 끝난 것입니다.
그리고
나의 마음에는
빗줄기처럼 하염없는 눈물 줄기들이
떨어져 '바다'를 이루어 갑니다.
'비'는
그저 '비'일 뿐인데.

6

날 따뜻하게 감싸 주는 사랑이 없더라도

사랑은 감싸 주는 것.

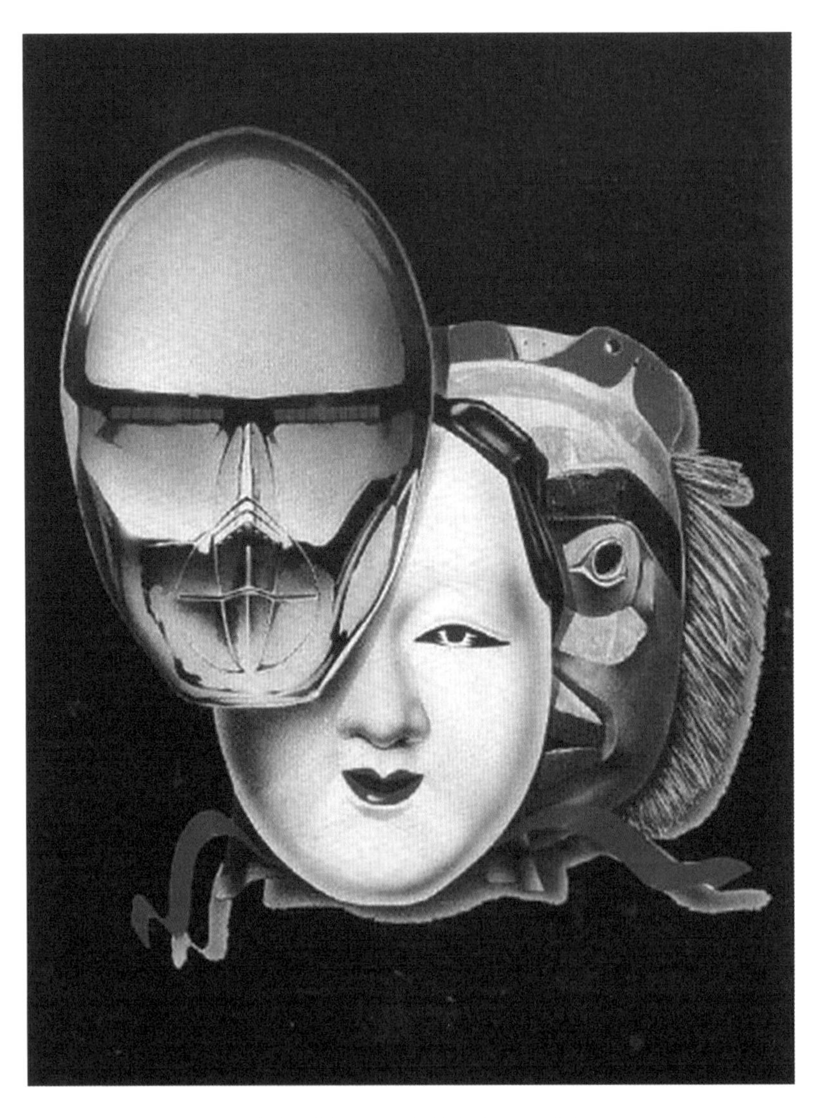

모든 것을 감추고 있으면 신비스럽게 느껴진다.
이 신비 속에 매력이 있다.

하늘에 흩뿌려진 우리의 사랑

우리는
사랑을 싣고서
하늘을 날았습니다.

그러나
솜처럼 가벼운 날개를 지닌
'얼음' 비행기는
하늘로 날자마자 녹기 시작했고,
'얼음' 비행기 안에
탑승했던
우리는
불안에 떨었으며,
우리의 사랑은
솜털처럼
갈라 찢어져
하늘에 흩뿌려졌습니다.

결국
우리의 '사랑'은
파경을 맞은 것입니다.

먼길, 동양의 어느 나라로 떠나고 싶어.

♣

라이트 형제들이라면
얼음으로
하늘을 누비려던
우리에게
갈채를 보냈겠지만,
지금은
인간이 달에도 착륙하고
우주 공간을 걸어다니는 과학의 시대.

따라서
우리의 '얼음' 비행선 비행은
그에 비하면
초라하고 엉성한 조소의 대상.

이것이 바로
우리의 사랑이었습니다.

이렇게
끝날 줄 알았더라면
시작도 하지 않았을 것을.

♣

당신은
내게 찾아왔고,
난
당신을 사랑했습니다.

우린
사랑의 보금자리를
만들고 가꾸었지만,

당신이
떠난 지금
우리의 보금자리는
단지
'나'만의 은신처일 뿐.

남자는 초록기를 들고 여자의 은신처를 찾아오고 있다

사랑은 계절에 따라 변하기 때문에, 사랑의 가장자리까지 가면 위험하다.

봄 · 여름 · 가을 · 겨울

봄.
잎이 자라듯 우리의 사랑도 자랐고,

여름.
굶주림에 허덕이다 벌레들이 생(生)을 마치듯,
우리의 사랑도
감정의 굶주림에 시나브로 소멸해 갔고
난, 눈물을 머금고 '차'에 시동을 걸었습니다.

가을.
잎들이 떨어지듯,
나도 좌절하기에 이르렀고,

겨울.
날리던 눈송이들이 차창에 부딪혀
죽어서 물이 되어 흐르듯
난, 죽어가는 생명이었습니다.

이것이 바로
우리들의 사랑이 거쳐 온 '길'이었습니다.

사랑에도 봄, 여름, 가을 그리고 겨울이 있다.

당신을 사랑한다는 건

당신을 사랑했던 건
나의 진실.

그러나
우리는 헤어진 옛 연인.

난
당신과의 '사랑'에서부터
벗어날 겁니다.

그리고
나의 사랑은
한치의 오차도 없던 완벽한 사랑이었기에,
당신네들의 사랑의 속삭임들이
순간적인 착각이었음이
밝혀질 때까지
결코
난
쓰러져서는 안 된다는 것을
마음속에 언제나 상기시킬 겁니다.

실연하셨다구요? 차라리 낚시나 하세요.

사랑에 버림받은 사람들에게

사랑에 버림받은 사람들에게…

계획을 세우십시오.
다음 달이 오면
반드시
당신을 자극시킬 신선한 어떤 것을
발견할 것이고,

이번 달에는
당신에게서 온갖 슬픔을
떠밀어 내어 떨어버리고,

이번 주에는
원래의 당신 모습으로 돌아와
원기를 찾을 것이고,

당장 오늘에는
숨이 붙어 있는 한
기필코 '살아가리라'는
당신의 계획을 세우십시오.

당신의 손을 풀어서 놓아주고 안녕이라고 말하라.

님이시여

어제의 따스했던
기억을 떨쳐내 버리고,
당신이 오늘
내게 요구했던 '우리의 이별'을
받아들이는 일은
진정
나의 가슴을 깎아 내리는
고통이 뒤따를 것입니다.

당신은 단순히
더 이상
날 사랑하지 않는다고
말했습니다.
그렇기에 앞으로도
당신은
날 사랑하지 않으리라는 것을
예감합니다.

그러나
님이시여!

물속에서 내 모습이 거꾸로 매달려 올 때.

♣

당신이
정녕 날 사랑했다면,

휴지통에 쓰레기를 버리듯
그렇게 단순히, 쉽게
말하지는 못했을 겁니다.

당신이
던진 그 몇 마디가
내 가슴을
얼마나 도려내었는지 알고 계시나요?

적어도
내게 있어서
우리의 사랑은 단순하지 않았습니다.
이해와 서운함, 인내, 갈등, 기도…
이루 헤아릴 수 없는
많은 감정들이
복잡하게 얽히고 쌓인
애정이었습니다.

내가 로렐라이가 된 이유는 간단해…
남자를 유혹하고 싶어서… 항상.

♣

내 마음의

상처는

곧

치유되고,

가을을

즐길

여유를

곧

누리기를 기도합니다.

너는 붉은색, 나는 흰색,
그러나 내가 너를 유혹할 때는 노란색.

겨울 애상

여름내
길고 길었던
시간 동안
싱그러움을
쏟아 내던
초록 잎들이
떨어져 나가는
지금

가을입니다.
가을이 왔습니다.

떨어지는
나뭇잎들이
꼭
우리의
사랑처럼
느껴집니다.

내 마음을 설레게 만드는 기대.

♣

여름에
겪는 고통은
그다지
힘겹지 않습니다.

초연하게
고통 속의 길을
걸어 나갈 수 있습니다.

날
따뜻하게
감싸 주는
'사랑'이 없더라도,
'태양'이
날 포근히 안아 줄 것이기에.

그러나
나와
겨울을 남기고
가을은 떠나갔습니다.

♣

내
얼굴에
부딪히는 것은
오직
찬바람뿐.

난
힘이 없어
벽에 기댄 채
걸어갈지도 모릅니다.

그리고
얼어죽을지도 모릅니다.

추억은 가을에 느낀다.

7

당신이 남기고 간 흔적은 내 공간을 에워싸고 있습니다

당신이 남기고 간 사랑의 발자국은 내 마음에 무늬가 되어…

사랑은 위대한 것일까.
신도 인간에 대한 사랑 때문에 가시면류관을 썼지 않았는가!

어제는 일요일

어제는 일요일.
사람들이 일요일을
'피'의 일요일이라 말하듯
일요일은 언제나 우울한 날.

수요일에 '보름달'이 떴습니다.
'보름달'이 하늘에 떠 있는 날도
불길한 날.
(이유는 울프맨에게 물어보세요.)

금요일은 언제나 좋은 날.
그러나
로마에서 30마일 떨어진 곳에서의
신도들의 '애도'는
금요일을 우울하게 만들었습니다.

이번
부활절은 일요일.
그래도 일요일은 일요일
'피'의 일요일.

월요일부터 갑자기 할 일들이 많아져.

무섬증

온 세상이 깜깜해도
언제나 내 방은
환한 아침.

‘밤’에도
전등불이 켜져 있는 내 보금자리.

잠을 이룰 수 없는 까닭에서입니다.

어둠이 무섭습니다.
당신이 돌아왔다가
이내, 떠나는 것도 무섭습니다.
당신이 영영 돌아오지 않을까 봐
마음 졸이는 밤이기에 무섭습니다.
내 머릿속에 언제나,
계속
당신 생각이 떠오르는 게 두렵습니다.
내가
고통에서 벗어나기보다,
‘시’에서 먼저 벗어날까 봐 두렵습니다.

공포도 내 친구가 될 수 있어.

난 당신께 미쳐 있는 여자

난
당신께
미쳐 있는 여자.

'당신' 없이는
아무것도 생각 못하는
여자.

날
정신병자라
손가락질해도
나는 좋았습니다.

그러나
이제서야 눈뜬 지금,

난
처음으로
'사람들'의 손가락질이
옳았음을 인정합니다.

나는 내 자신도 모르겠어!

자유로움

나는
당신을 사랑하는 만큼
당신을 증오합니다.

당신께
매여 있는
나의 마음이 느껴지셨나요?
그렇다면
당신에게서 벗어나려고
내가 얼마나 간절히 기도했는지
아시나요?

진정 난
자유로워지고 싶습니다.

'당신' 없이도 나의 하루를
즐기고 싶고, 밝게 웃고 싶습니다.

나에게 다시
'나의 시간들'을 돌려주세요.

또다시 나타난 뱀의 유혹, 먹을 것인가 안 먹을 것인가,
그 끈질긴 유혹, 이제는 이에서 신물이 난다.

♣

내가
당신에게서
떨어져 나가기를
기도하는
누군가에게.

"안심하세요.
오늘밤,
당신의 기도는
이루어졌습니다."

사랑의 얼굴은 하나, 그러나 미움의 얼굴은 여럿.

내 사랑의 기억들

내가
기억해야
할 것은,
난
님과의 추억들을
잊어야 한다는 것.

내가
잊어야 할 것은
이제껏
내가 기억하고 있는 것.

그리고
지금부터의
나의 삶의 방향은,
도저히
잊지 못할 거라고
생각했던
모든 것들을 잊고
살아야 한다는 것.

뇌파는 말해 주고 있어.
우리들의 사랑은 이미 끝났다고!

♣

언젠가

난

지금의 고통을

누군가에게

조리 있게 말할 수 있을 겁니다.

그저

'가슴이 아프다'는 말밖엔

할 수 없는 지금보다

그때는

얼마만큼 아팠는지,

그 아픔은 무엇과 마찬가지였는지,

왜 아팠는지도

냉담하게 말할 수 있을 겁니다.

그러나

그때까지는

많은 시간이 지나야 하고,

나의 불면의 밤은

계속될 것입니다.

아파했던 시간들… 그러나 사랑은 아름다워.

외로움

차라리
내가
'고독'을
그리워하도록
만든
'고통'은
당신과 함께 왔습니다.

그리고
그 '고독'과 함께
당신을
갈망하는
'외로움'이
따라왔습니다.

외로움, 인터넷과 친구하기!

눈물의 시

난
울고 있을 때만
시를 씁니다.

감정이 복받쳐
눈물로
흘러내릴 때만
난
'시'를
쓸 수 있기 때문입니다.

나는 내 눈물로 시를 쓴다.

내게서 멀어진 것들

내 삶 속의
모든 신들은 사라졌습니다.

처음에
당신이,
그 다음엔
즐거움,
사랑,
자유.

곧이어
색깔,
음악,
자연,

심지어,
영원히
나와 함께일 것 같던
창의력도
그저 겉모습만 갖추고 있을 뿐입니다.

어두움 속에서 비춰 본 내 모습,
그래도 당신을 사랑하고 있는 것 같아.

♣

난
모든 것을
해낼 수 있다고
자신했지만,
두 가지만은
실패했습니다.

첫째,
당신을 사랑했음을
잊는다는 것.

둘째,
당신이
더 이상
날 사랑하지 않음을
잊는다는 것.

나는 모든 것을 해낼 수 있어, 그러나 못하는 것이 있어.
당신에 대한 나의 사랑을 잊으라고 하는 것.

사랑의 추억

삶은
점점 낯설어집니다.

매일매일
새로운 사람들을 만나고,
새로운 뉴스를 접하고,

내가
오늘을 살아야 하는 것처럼,
'새로움'을 접하는 것도
'하루'들의 운명.

그러나
사랑만은 변치 않습니다.

사랑은
우주 속에서 가장 창의적인 존재.

사랑의 '추억'들은 그렇기에
우리들을 가장 처참한 몰골로 만듭니다.

우리는 헤어졌어도 하나.
그러나 두 개가 남아 있어. 사랑과 미움.

사랑의 갈구

당신이
내 곁을 떠난다면
당신을
사랑하는 동안
못다 한,
아니, 내팽개쳐 둔
'나의 일'을
완성할 수 있으리라
생각했던
그때를 기억합니다.

그러나
당신이 떠난 이후로
난
한 일이 없습니다.

당신만큼
내게
중요한 존재는
없기 때문입니다.

내일 나를 사랑해 주세요.

♣

나에게
'최면'을 걸고
'날' 격려했습니다,
"넌 할 수 있어!"라고.

그러나
가슴을 찌르는 것이
있었습니다.

그것은
'갈구',
사랑에 대한 '갈구'.

'나' 만으로는
도저히
행복하지 않기에,
'나' 만으로는
도저히, 날
만족시킬 수 없기에,
난 사랑을 필요로 합니다.

♣

그러나
이 '욕구'를
멈추려면,
난
내게
만족하는 길밖에 없습니다.
당신은 떠나 버렸기에.

그리고
'시간'의 위대함을
믿어야 합니다.

나는 공기, 물 그리고 사랑이 필요합니다.

떠나가 버린 당신, 그러나 시간 속에 당신은 영원해.

기억에 맴도는 당신의 체취

얼마나
더 많은 눈물을 흘려야
내 고통이 멈춰질까요?

난 앞으로도,
우리의 사랑은
여전히
살아 있다는 생각을
몇 번이나, 몇만 번이나
거듭해야 하나요?

얼마나 난
포기해야 한다고 날
달래야 하나요?

얼마나 많이 더…
난 당신이
'나' 없이는
행복하지 못할 거라고
당신을 원망해야 하나요?

당신을 원망해 보았댔자, 그 시간을 쫓아가기에는
아인슈타인의 상대성 이론이 필요해.

♣

난
언제나
당신의 주변만을
맴도는
못난이.

당신이
날 그리워하지 않는데도,
날 안아주지 않는데도,
날 사랑하지 않는데도

나의 위치는
항상 그 자리.

그러나
당신을
원망할 권리는
내겐 없습니다.

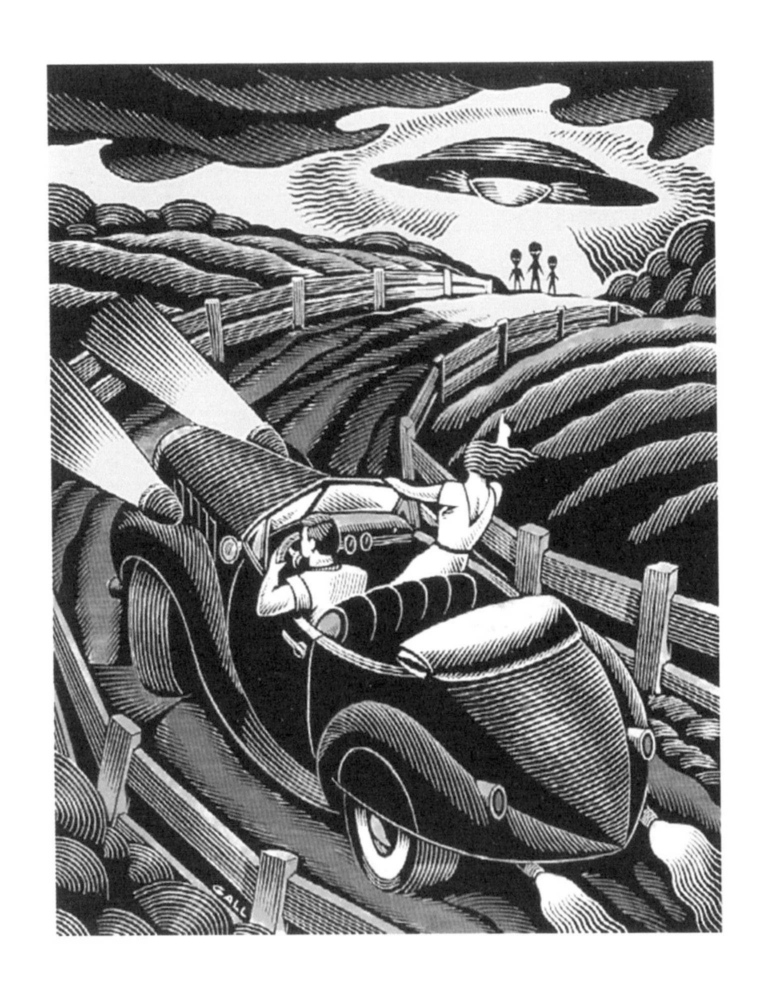

당신이 나를 더 이상 사랑하지 않는다고 해도
나의 위치는 항상 그 자리에 있어.

♣

그러나
당신이시여!
알고 계시나요?

당신과
함께 있을 때만
난
당신께
'안녕'을 고할 뿐.
당신이 없을 때는
언제나 당신을 필요로 한다는 것을.

그러나
더 이상
당신께 난
기대하지 않겠습니다.

사랑의 아픔을 힐링할 수만 있다면
다시 해보고 싶어.

♣

당신의 모습은

이제

자취를 감추었지만,

당신이

남기고 간 흔적은

내 공간을 에워싸고 있습니다.

'책' 가장자리에

쓰다가 만 '시구'들.

담요에서 풍겨나는

당신의 체취.

당신은 오늘밤 어디에 있나요?

누구의 방에

당신의 체취를 남기고 있나요?

그래도,

당신의 영혼 속에는

나의 흔적이

조금은 남아 있겠지요?

♣

난
당신과 관련된 모든 것들을
알고 있습니다.

난
당신의 모든 것들에
이미
오염되어 있습니다.

그리고
당신께
가장 오염되어 있는 것은
바로 '나'입니다.

잊는 것은 어렵습니다.

그러나
옛일을 기억해 내는 것은
더한 아픔을
요구합니다.

당신은 오늘밤 어디에 있나요?
나도 극단적인 선택을 할 권리가 있다구요.

♣

언젠가

난

말했습니다.

당신이

내게

머물기를

힘겨워하면

차라리

당신을 보내 주겠노라고.

그러나

지금에서야

난

깨달았습니다.

그것은

'제기랄'

거짓임을.

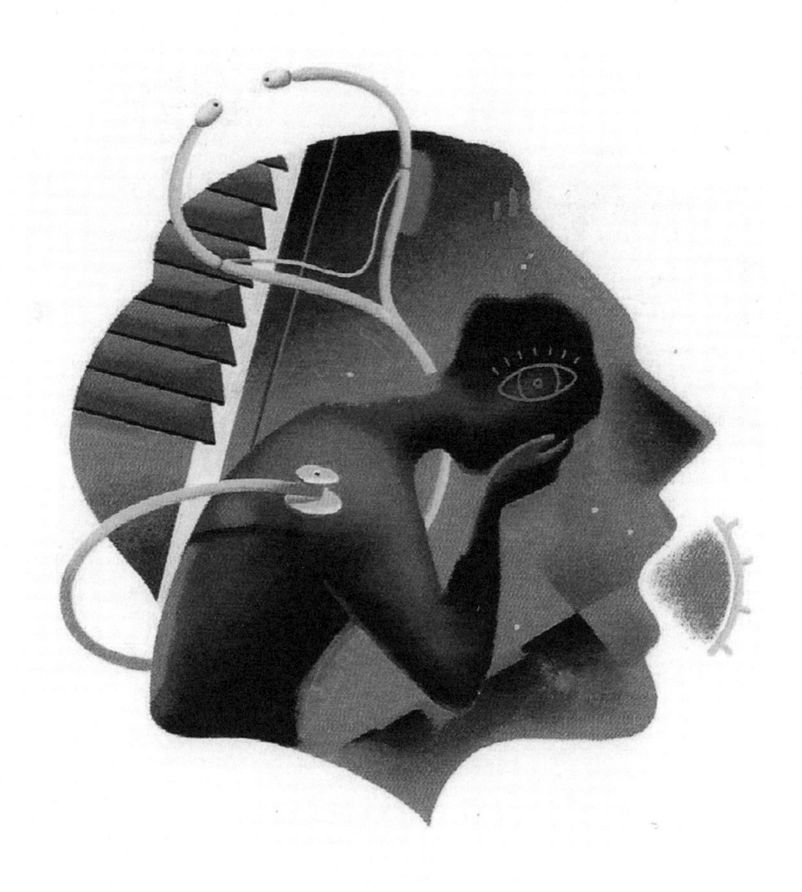

당신이 나에게 남기고 간 것은 아픔, 아픔뿐…

당신을 결코 잊을 수 없어.
그것은 당신이 이미 내 깊은 곳에 있기 때문이야.

♣

난
더 이상 우리가
만나지 못할 것임을 알고 있습니다.

그런데
왜
당신께 전화를 걸려 하는 걸까요?
왜
내 삶 속에
'당신'을 집어넣는 걸까요?

왜
아직도
당신과 함께 있을 때도 느끼지 못했던
더 큰 사랑으로 괴로워하는 걸까요?

내가
당신을 사랑했던 것보다
훨씬
난 당신을 그리워할 겁니다.

8

당신의 전화 한 통에
모든 건 다시 처음부터입니다

큐피드는 다시 나를 찾아와 장님으로 만들고 있어.

당신은 어디에 있나요?
비밀 요새 속에 숨어 있나요?

비밀 요새

삶은
'비밀' 요새.

당신이
오늘밤 어디에 있는가도
비밀 중의 하나.

왜?
거기에 갔는가도
또 하나의
비밀.

이 세상은
'황홀함'으로
이루어진 땅덩어리.

당신도
그 중의 하나.

베토벤의 운명 교향곡.

다음날의 해돋이

당신이 내게서
벗어났다는 진실을 떠올릴 때마다,
내 고통의 '층'은
두꺼워져만 갑니다.

그리고
무사히
그 층을 짓밟고서
하루를 걸어오다가도

당신의 전화
한 통에
모든 건 다시 처음부터입니다.

그리고
그날 밤은
죽음의 세계.
다음날의 해돋이와 함께 쌓아지는
또 하나의
고통의 '층'.

나는 장님이 되었어요.
당신이 보기 싫어서 아예 장님이 되었어요.
내 삶에 다시는 들어오지 마세요. 토해 낼 수도 있어요.

♣

당신은
다시 한 번
날 짓밟을 권리가 없습니다.

내 삶에
들어오지 마세요.
허락될 수 없습니다.

난
이제
당신과
모르는 사이, '초연'한 사이.

친절할 순 있어도 '냉담'하고
친근할 순 있어도 '멀어진' 사이.

기억하십시오.

당신은
기회가 없습니다.

당신은 더 이상 나를 기억해 내지 못할 거야.

♣

당신은
날
10분
만나는 거지만,
난
그 10분 만남으로
열흘을
앓습니다.

잊는다는 게
얼마나 어려운지 아시나요?
반면
당신을 떠올리는 건
얼마나 쉬운지 아시나요?
그리고
그 사이에서
내가
얼마나 방황하는지
아시나요?

혼자 설 수 있을 때까지

그녀가
내게 물었습니다.

당신을 만나는 것은
'오물'에 빠지는 것과 같냐고.

난 고개를 흔들고 말했습니다.
'오물'이 아니라
'썩은 시궁창'에 빠지는 것과 같노라고.

내가 당신에게만 열중해 있는 동안,
나의 관심사에서 무시되고,
내게 냉대를 받았어도
나의 친구들은
여전히 여기에 있습니다.
나와 함께!

신이시여!
그들을 축복해 주소서!

나는 지금 혼자 설 수 있어.
인터넷보다는 승마를 더 좋아해.

말을 타다가 낙마했어요.
내가 혼자 설 수 있을 때까지만이라도!

♣

나의 친구를
일으켜 세우도록
내게 힘을 주세요.

날
어둠 속에서 끌어내 주세요.
내게 따뜻함을 주세요.

그리고
내가
혼자서도 설 수 있을 때까지만
당신께 기대게 해주세요.

당신을 그리워할 때
난
'신'의 이름을 걸고 기도했습니다.

'신성모독'으로
보일지 모르지만
'신'은 이해하리라 믿습니다.

당신이 가야 할 길 —
그 길은 아직도 멀고 험해요

사랑의 이치

난
패배자.
무능력자.

그러나
모든 게
완전히 잊혀지면

이 '구걸'은
행복하게 기억될 것입니다.

살다 죽는 것도
인생의 섭리이거늘,

사랑이
뜨거웠다 식는 것도 당연한 이치!

'다리'가
완공되었다 해도
언제 부서질지 모르는 것처럼.

♣

똑같지는 않을 겁니다
똑같지는 않을 겁니다.

당신이 내게 찾아왔고
우리는 사랑했고
당신이 떠난 일들이 되풀이된다 해도

난 살아 있을 수 있는 그 날까지
살 겁니다.

그리고 언젠가
살아가고 있는 '내' 실체를 찾을 겁니다.

그리고 그 다음날,
또 다른 사랑이 설혹 찾아와도,
혹은 당신이 되돌아온다 해도

결코… 예전과
똑같은 감정을 느끼지 못할 겁니다.

나도 당신처럼 변하고 있는 모습을 보게 되어요.
그래도 눈물은 마르지 않아요.

내 얼굴에 숨어 있는 것들.

♣

해는 솟아오릅니다.

내가 기억할 수 있는 한
언제나 그래 왔습니다.

그리고 난
이제부턴
해돋이처럼
확실한 진리에만 기대를 할 겁니다.

당신이 영원히
날 사랑할 것인가 혹은 아닌가 하는
변할 수 있는 '감정' 따위는
무시하고 살 겁니다.

내가 '뭔가'를 창조했을 때
난 그 대가로 이픔을 치르지 않습니다.

'신'의 가호 때문입니다.

마지막 밤, 무엇을 해야 될까.

마지막 밤

오늘밤과
같은
'밤'은
내 인생에서
보내는
마지막.

난
아침 일찍 일어나
하루 종일 일에 몰두하고,
피곤함에 지쳐
하루를 초저녁에
마감하고,
서둘러
잠이 들 겁니다.

당신 & 당신

연인으로서 당신을 잃는 건
큰 아픔.

친구로서 당신을 잃어도
큰 아픔.

그러나 난
'당신' 자체를 잃었고
더 큰 '아픔'이 찾아왔습니다.

이제
당신과의 벽은 높아졌고
내 한숨은 길어졌습니다.

피를 토하는 절규보다
더욱 안타깝게 당신을 부릅니다.

더 이상
난 참을 수 없습니다.
날 '보호'할 수 없습니다.

아무도 앉지 않은 벤치에 앉아서 기도합니다.
오, 나의 하느님!

♣

당신을 포기한다면,

신이시여!
이것이
당신이 주신 나의 자유입니까!

전화, 편지, 엽서도 기다릴 수 없고
우체부를 기다릴 필요도 없고
어떤 에너지도 솟지 않을 겁니다.

그리고
시간이 흐른 후,
불면증도 불안도 사라지고,
행복과 생동감 있는 생활이 찾아온다면…

신이시여!
당신이 주신 내 삶의 '자유'는
참으로
끔찍한 고통을 이겨내고
얻어지는 것이군요.

나는 다시는 사랑을 못할 것 같아.
사랑한다는 것, 미친 짓 중의 미친 짓이야.

하와이의 어느 해변에 누워서 생각했다.
사랑이 인생의 전부가 아니라는 것을. 아직도 가야 할 길이 있다는 것을…

♣

난
다시는
사랑하지 못할 겁니다.
그러나
깨달은 게
있습니다.

언제나
당신& 당신& 당신뿐이었는데,
이젠
오직 '나'뿐.

그리고
희망과
살려는 의지를 가지고
새롭게 탄생해야 하고,
'사랑'이
삶의
전부는 아니라는 것을.

♣

나의 '사랑'은 '연옥' 속에 있었고,

우리의 이별은 '지옥'.

그리고
지금의 나의 삶은 '천국'.

내가
잊었던 단 한 가지,

헤어짐의 아픔 뒤에는
상처를 아물게 하고
치유해 주는
행복이 오고,

삶과
친구와
내 '자아'와
기쁨을
재발견한다는 진리를.